ティンガティンガ・アートでたのしむアフリカのむかしばなし

3 ゆかいなはなし

しんぞうとひげ

しまおかゆみこ 編・再話
ムブカ、レイモンド、チャリンダ 絵

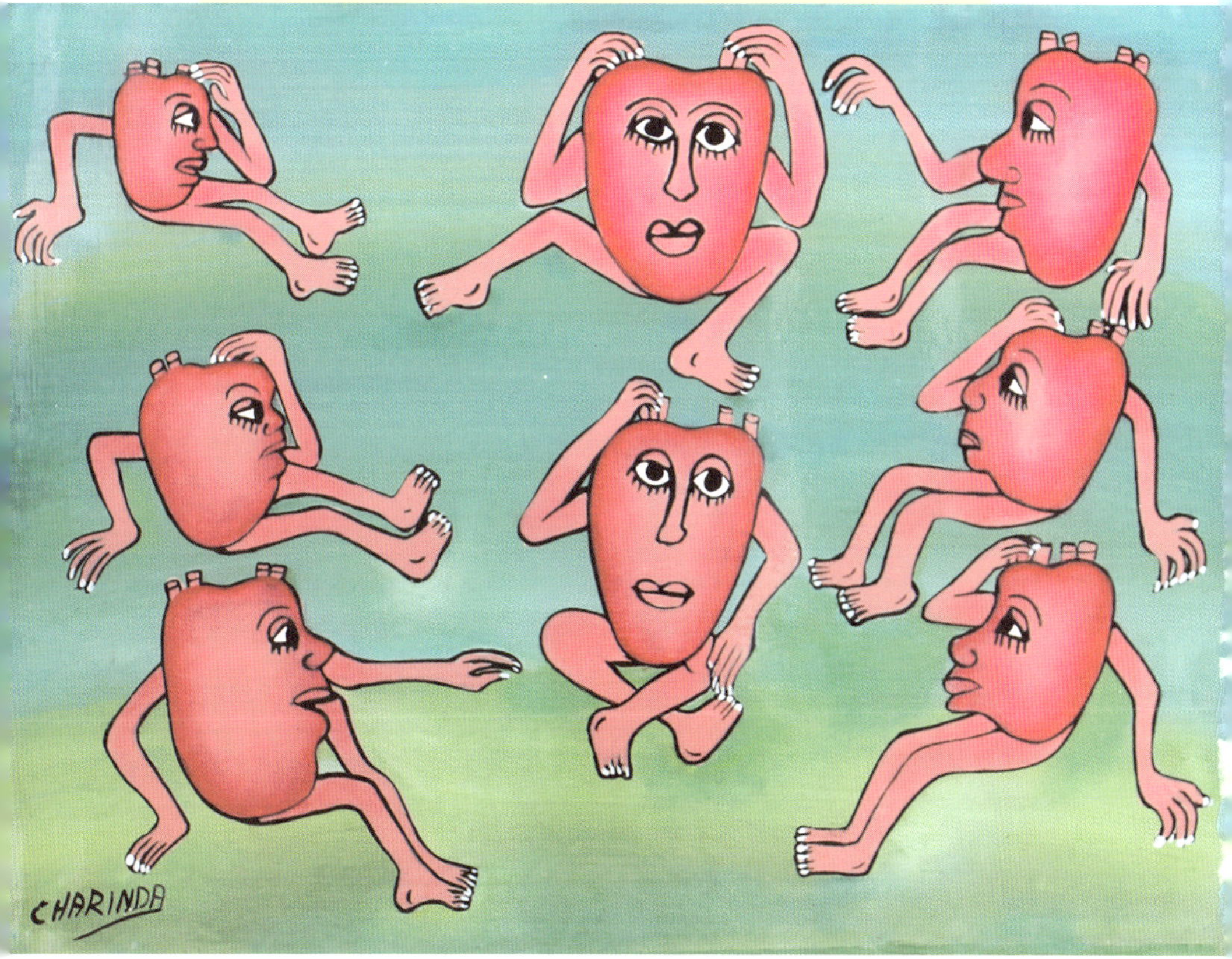

かもがわ出版

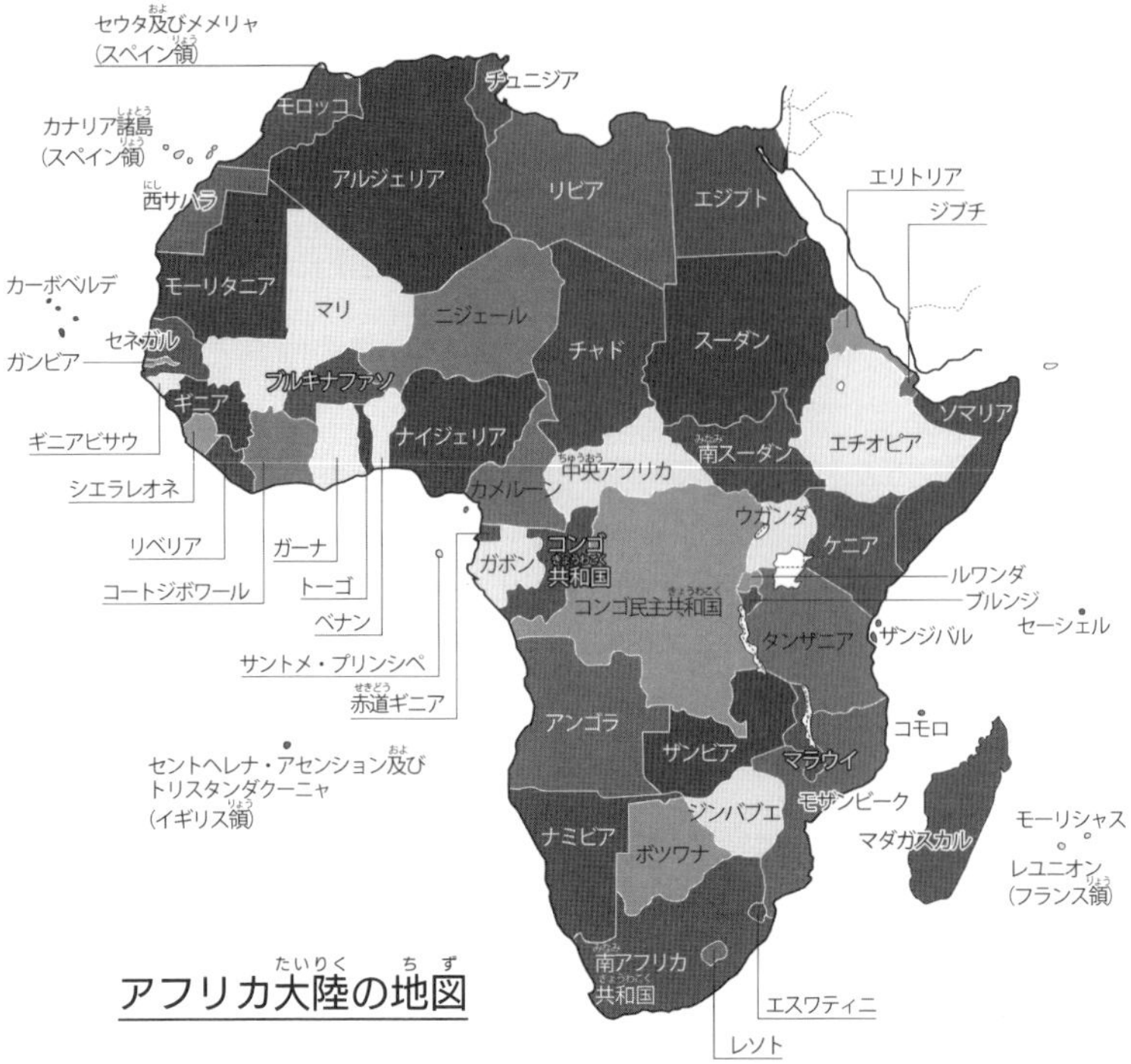

アフリカ大陸《たいりく》の地図《ちず》

◉ティンガティンガ・アートとは◉

1968年《ねん》に、タンザニアの
エドワード・サイディ・ティンガ
ティンガさんが　はじめた、
絵《え》のかきかた。
6色《しょく》のペンキをつかって、
したがきをしないで、
タンザニアのしぜんやどうぶつ、
人《ひと》びとのせいかつ　などを、
のびのびと　えがくのが
とくちょうです。

もくじ

これは、アフリカの　タンザニアという国《くに》の
むかしばなしです。

　タンザニアのむかしばなしは、
「パウカー（はじめるよ）」、
「パカワー（はーい）」で　はじまり、
「今日《きょう》のはなしは、これで　おしまい。
ほしけりゃ　もってきな。
いらなきゃ　海《うみ》にすてとくれ」
で　おわります。

　さあ、それでは、今日《きょう》のおはなしを　はじめましょう。
「パウカー」「パカワー」

ウサギのそめものや

タンザニア本土《ほんど》　ボリサ村《むら》のおはなし

ハポ　ザマニザカレ（むかしむかし、あるところに）どうぶつの国《くに》がありました。

むかしむかしの　どうぶつは、白《しろ》いというか、うすぼんやりした色《いろ》で、もようも　ついていなくて、だれがだれやら、さっぱり　わかりませんでした。

ある日《ひ》、ウサギが、草《くさ》や花《はな》をつぶしたり、木《き》のみやら、ねっこやらを　ぐつぐつ　にこんだりして、せんりょうをつくりました。

ウサギは、そめものやを　はじめることにして、
どうぶつたちに　よびかけました。
「体《からだ》に　色《いろ》をつけてほしけりゃ、よっといで」
一番早《いちばんはや》く　かけつけたチーターが、さいしょに
色《いろ》をぬってもらうことに　なりました。
ウサギが、チーターに聞《き》きました。
「どんな色《いろ》と　もようが、ようござんすか？」

MBUKA

チーターは、
「黒《くろ》と黄色《きいろ》の　水玉《みずたま》もように　しておくれ」
と、いいました。
「へいへい、おやすいごようでがす。
ちょいちょいちょいちょい、ちょちょいのちょい」
ウサギが　ちょいちょいちょいちょいっと　色《いろ》をぬるだけで、
みちがえるように　りっぱになっていくので、
チーターは、大《おお》よろこびです。

ウサギが　いいました。

「へい、できあがり。これで　ようござんすか？」

チーターは、

「アサンテ　サーナ（どうもありがとう）、気《き》に入《い》ったよ。母《かあ》さんに見《み》せてくる」

と、いって、ピューッと　走《はし》っていきました。

つぎに　首《くび》の長《なが》いキリンが　かけてきて、

「オレンジ色《いろ》で　もようをかいて」

と、いいました。

MBUKA

ウサギは、
「へいへい、おやすいごようでがす。
ちょいちょいちょい、ちょちょいのちょい。
へい、できあがり。これで　ようござんすか？」
キリンは、大《おお》きな体《からだ》にも、長《なが》い首《くび》にも、オレンジ色《いろ》の
もようがついて、ごきげんです。
「アサンテ　サーナ（どうもありがとう）。
気《き》に入《い》ったわ。子《こ》どもたちも　つれてくるから、
おなじ色《いろ》をぬってね」
と、いって　帰《かえ》っていきました。

MBUKA

つぎに　ウマが　かけてきて、

「黒《くろ》い　シマもように　しておくれ」

と、いいました。

ウサギは、

「へいへい、おやすいごようでがす。

ちょいちょいちょい、ちょちょいのちょい。

へい、できあがり。これで　ようござんすか？」

ウマは、ちょいちょいちょいっと　シマもようがついただけで、とても　かっこよくなりました。

　みんなも、

「かっこいいよ」

と、ほめるので、ウマはごきげんで　いいました。

「アサンテ　サーナ（どうもありがとう）。

気《き》に入《い》ったよ。

みんな、今日《きょう》から、ぼくのこと、シマウマって
よんでおくれ」

MBUKA

そのあとも、
サイにライオン、
カラスにフラミンゴ、
ヌーにバッファロー、
インパラにゾウにサル、
ヘビにワニ……と、
どんどん　やってきた
ので、ウサギの
そめものやは、
大《だい》はんじょう。

ウサギは、いそがしすぎて、ねるひまもありません。

ウサギが、まる三《さん》か月《げつ》かかって、国《くに》じゅうのどうぶつたちに　色《いろ》をつけおわったときには、たくさんあった　せんりょうも、すっかり　なくなっていました。

ウサギは、そのときになって、自分《じぶん》の体《からだ》に色《いろ》をつけるのを　わすれていたことに　気《き》がついたのですが、あとのまつりです。

「たっぷり　もうかったから、ま、いいか」
と、いいながら、そめものやの　かんばんを　おろすと、
白《しろ》い体《からだ》のまんまで、ぴょんぴょんぴょーんと　はねて
いきました。

今日《きょう》のはなしは、これで　おしまい。
ほしけりゃ　もってきな。
いらなきゃ　海《うみ》にすてとくれ。

MBUKA

小《ちい》さい青《あお》い鳥《とり》シェルレ

タンザニア本土《ほんど》　ナカパニャ村《むら》のおはなし

Raymond

ハポ　ザマニザカレ（むかしむかし、あるところに）
どうぶつの村《むら》がありました。
その年《とし》は、かんかん照《で》りの　あつい日《ひ》ばかりで、雨《あめ》が
なんか月《げつ》も　ふりませんでした。
そして、とうとう　水《みず》が　ひあがってしまったのです。
「水《みず》が……水《みず》がのみたい……」
「雨《あめ》を……雨《あめ》をふらせたまえ……」
どうぶつたちは、いっしょうけんめいに
いのりましたが、雨《あめ》つぶひとつ　おちてきません。

Raymond

Raymond

どうぶつの子《こ》どもたちは、
「母《かあ》さん、お水《みず》」
「母《かあ》ちゃん、水《みず》がのみたい……」
と、いいながら　たおれていきました。
母《かあ》さんキリンも、母《かあ》さんゾウも、母《かあ》さんカバも、
かなしくて、つらくて　ないているのに、体《からだ》じゅうが
ひからびて、なみださえ　出《で》ませんでした。

じめんも川《かわ》も　ひあがり、カバのせなかも　ひびわれ、
どうぶつたちは　ほねとかわに　なってしまいました。
ぐったり　たおれている　どうぶつばかりで、村は
しを　まつ　ぶきみな　しずけさにつつまれていました。

そのとき、かれ木《き》の上《うえ》から、すずのようにうつくしい
声《こえ》がして、かわいた　サバンナの大地《だいち》に、ほそく高《たか》く、
ひびきわたりました。

＊サバンナ……熱帯《ねったい》地方《ちほう》のかわいた草原《そうげん》。ここは雨《あめ》がふるきせつと日照《ひで》りのきせつがはっきり
わかれている。

シェルレ　シェルレ　シェールレ
シェルレ　シェルレ　シェールレ♪
かれ木《き》の上《うえ》で　ないていたのは、
小《ちい》さい青《あお》い鳥《とり》でした。

シェルレ
シェルレ
シェールレ♪

小《ちい》さい青《あお》い鳥《とり》は、
「シェルレ」と、なくたびに、
体《からだ》を　ぷるぷる
ふるわせたり、
羽《はね》を　ひらいたり、
とじたりしていました。

そうです。小《ちい》さい青《あお》い鳥《とり》は、たったひとりで、天《てん》に
むかって、雨《あめ》を　ふらせてくださいと　ねがいをこめて、
歌《うた》とおどりを　ささげていたのです。
もちろん　この小《ちい》さい青《あお》い鳥《とり》だって、のどはからから、
体《からだ》はへとへとです。
それでも、力《ちから》のかぎり、歌《うた》い、おどりつづけました。

シエルレ　シエルレ　シエールレ
シエルレ　シエルレ　シエールレ♪

小《ちい》さい青《あお》い鳥《とり》は、声《こえ》が
だんだん　ほそくなって、
さいごの「シェールレ」の
声《こえ》とともに、
かれ木《き》から　おちて、
気《き》を　うしなって
しまいました。

Raymond

そのときです。
小《ちい》さい青《あお》い鳥《とり》の上《うえ》に、ポツリ　ポツリ　ポツリ
雨《あめ》つぶが、三《さん》てき　おちてきました。
三《さん》てきの　雨《あめ》つぶに　はげまされて、目《め》をさましました
小《ちい》さい青《あお》い鳥《とり》は、さいごの力《ちから》を　ふりしぼって、

シェルレ　シェルレ　シェールレ♪

と、歌《うた》い、体《からだ》を　ぷるぷる　ふるわせておどりました。

すると、

ポツリ　ポツポツ
ポタリ　ポタポタ
ザー　ザザー
ザー　ザザー

と、めぐみの雨《あめ》がふりだしたのです。

みるみるうちに、アフリカの大地《だいち》が　よみがえり、草《くさ》や木《き》がはえ、川《かわ》が　ながれだしました。どうぶつたちも　水《みず》をたっぷり　のんで、すっかり元気《げんき》になりました。

小《ちい》さい青《あお》い鳥《とり》は　よろこんで、雨《あめ》の中《なか》を「シェルレ、シェルレ」と、なきながら、とびまわりました。

どうぶつたちは、

「ありがとう、シェルレ」

「シェルレ、ありがとうよ」

と、小《ちい》さい青《あお》い鳥《とり》にむかって　口《くち》ぐちにいいました。

Raymond

Raymond

小《ちい》さい青《あお》い鳥《とり》は、そのときから、
「めぐみの雨《あめ》を　ふらせてくれる　シェルレ」として
あいされるように　なりました。

だから　いまでも、

シェルレ　シェルレ　シェールレ♪

の声《こえ》がすると、村人《むらびと》たちは、

「あっ、シェルレが歌《うた》いはじめた。
もうすぐ　めぐみの雨《あめ》がふるぞ。
ありがたや、ありがたや」
と、よろこんで、たねまきの　じゅんびを　はじめる
のです。

今日《きょう》のはなしは、これで　おしまい。
ほしけりゃ　もってきな。
いらなきゃ　海《うみ》にすてとくれ。

Raymond

しんぞうとひげ

ザンジバル　ウングジャ本島《ほんとう》のおはなし

ハポ　ザマニザカレ（むかしむかし、あるところに）
しんぞうとひげが　おりました。
しんぞうもひげも　びんぼうで、いつも　はらを
すかせておりました。

ある日《ひ》、しんぞうが　いいました。
「ああ、おなかがすいたなあ。どこかに　きのこでも
はえていないかなあ」

ふと、空《そら》を見《み》あげると、鳥《とり》たちが　気《き》もちよさそうに
とんでいます。
「ああ、とりにくが　食《た》べたい！」
けれど、はるかな空《そら》をとぶ鳥《とり》を　つかまえることなど
できません。

しんぞうは、
水《みず》だけのんで
ねむりました。

おなじころ、べつのばしょで　ひげが　いいました。
「ああ、はらへった、はらへった。虫《むし》でもいいから
食《く》いたいよ」
ふと、空《そら》を見《み》あげると、鳥《とり》たちが　気《き》もちよさそうに
とんでいます。
「ああ、とりにくが　食《く》いたい！」
けれど、はるかな空《そら》をとぶ鳥《とり》を　つかまえることなど
できません。

ひげは、
水《みず》だけのんで
ねむりました。

おなかがへった、はらへった。
おなかがへった、はらへった。
きのうもはらぺこ、今日《きょう》もはらぺこ。
食《た》べたい、食《た》べたい、食《く》いたい、食《く》いたい。
おなかがへった、はらへった。
おなかがへった、はらへった。

しんぞうも　ひげも、二十一日《にじゅういちにち》ものあいだ　なにも
食《た》べられず、はらぺこで　しにそうです。

CHARINDA

二十二日目《にじゅうににちめ》のことです。
しんぞうとひげが　ばったり　出《で》あいました。
しんぞうは、はらぺこなのを　がまんして、
「ジャンボ！（こんにちは！）
ハバリ　ヤコ？（ごきげんいかがですか？）」
と、あいさつしました。
ひげはというと、だまって　しんぞうを　にらみつけていました。
そして、しんぞうに　とびかかりました。
しんぞうを　食《く》おうとしたのです。

しんぞうは　びっくりして、あわててにげました。
でも、はらぺこなので、体《からだ》に力《ちから》が入《はい》りません。

ポレポレ、よろよろ、のーろのろ。

ポレポレ、ふらふら、のーろのろ。


「こら、まて！」

ひげも、いそいでおいかけます。

でも、やっぱり　はらぺこで、体《からだ》に力《ちから》が入《はい》りません。

＊ポレポレ……スワヒリ語《ご》で「ゆっくり、のんびり」

CHARINDA

ポレポレ、
よろよろ、
のーろのろ。
ポレポレ、
ふらふら、
のーろのろ。

むこうから、
人間《にんげん》の男《おとこ》が
やってきました。

CHARINDA

しんぞうが　いいました。
「ひげに　おわれています。
ひげに見《み》つかると、わたしは食《く》われてしまいます。
どうか、わたしをのみこんで、あなたの体《からだ》の中《なか》で
かくまってください」
男《おとこ》は、
「いやあ、今日《きょう》は、はらいっぱいだ。もうなにも
のみこめないよ」
と、いいました。

しんぞうは　あきらめて、ポレポレ、よろよろ、走《はし》りだしました。

むこうから、べつの男《おとこ》が　やってきました。

しんぞうが　いいました。

「ひげに　おわれています。ひげに見《み》つかると、わたしは食《く》われてしまいます。どうか、わたしをのみこんで、あなたの体《からだ》の中《なか》でかくまってください」

CHARINDA

男《おとこ》は、
「いいよ」
と、いって、
しんぞうを
ごくりと
のみこみました。

しんぞうは、男《おとこ》の　のどをとおり、はいを見《み》ながら、男《おとこ》の左《ひだり》むねに　そっと　かくれました。

しばらくすると、ひげが　のろのろ走《はし》ってきて、サルに　ききました。

「ここらで、しんぞうを　見《み》なかったかい？」

サルが　いいました。

「しんぞうは、人間《にんげん》の男《おとこ》に　かくまっておくれとたのんでいたよ」

CHARINDA

ひげは、
「アサンテ
（ありがとう）」
もいわないで、
あわてて　人間《にんげん》の男《おとこ》を
さがしにいきました。
男《おとこ》を見《み》つけたひげは、
「しんぞうを
見《み》なかったかい？」
と、ききました。

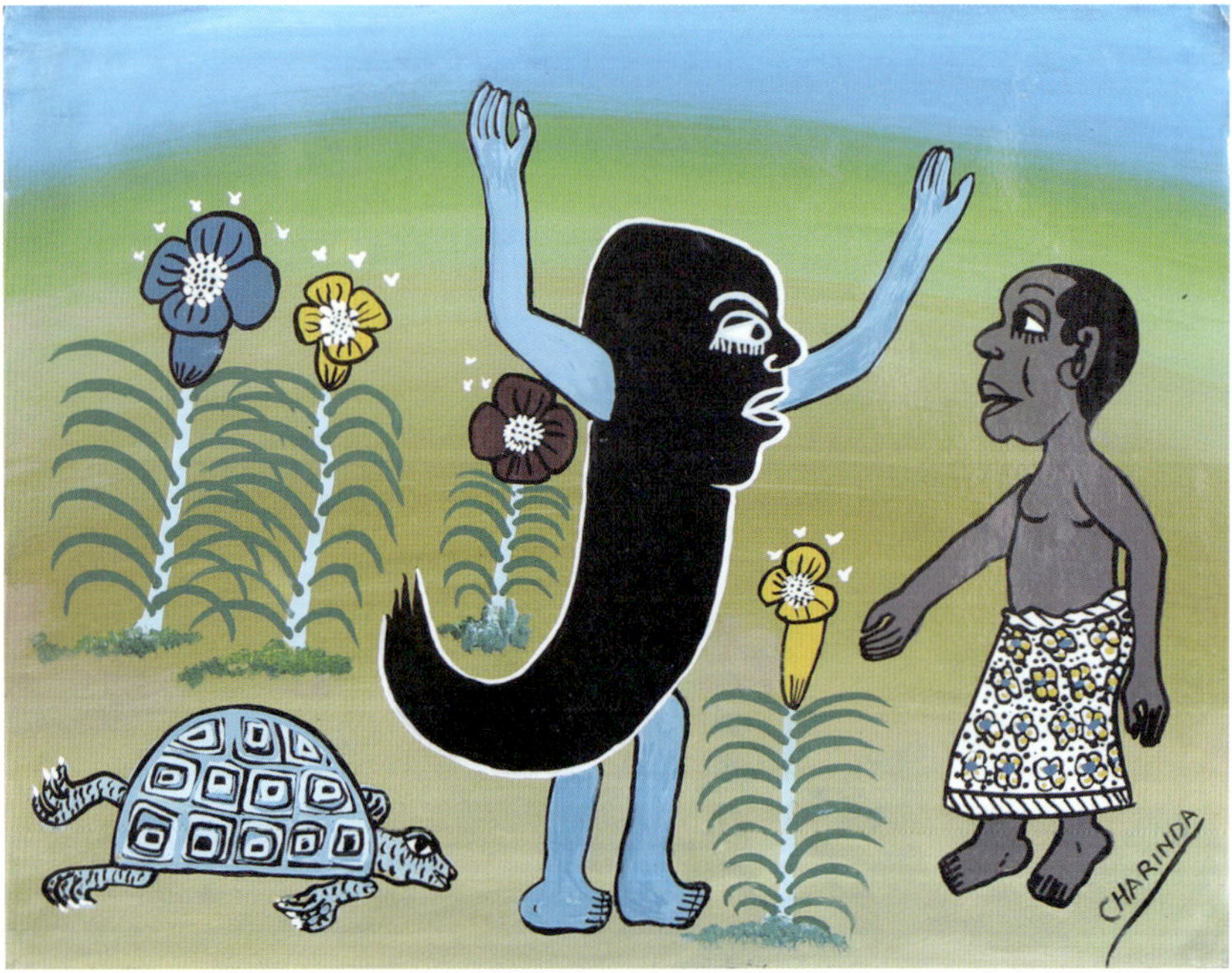

男《おとこ》が　いいました。
「しんぞうなら、ぼくの左《ひだり》むねに　かくれたよ」
ひげが、男《おとこ》の左《ひだり》むねに　近《ちか》づいてみると、しんぞうが
ドキドキしているのが　聞《き》こえました。

「おい、しんぞう、出《で》てこい！」
しんぞうは、こわくてこわくて、
ドキドキ　ドッキン、
ドキドキ　ドッキン！

ひげは、男《おとこ》にいいました。

「おねがいだ。おれをのみこんで、あんたの体《からだ》の中《なか》に
入《い》れてくれ」

男《おとこ》が　いいました。

「いやあ、もうはらがいっぱいだから、のみこめないよ」

ひげが　いいました。
「それじゃあ、しんぞうが出《で》てくるまで、あんたの口《くち》のまわりで、またせてくれ」
「それならいいよ」
男《おとこ》は　ひげをつかむと、ぺたんと口《くち》の下《した》、つまりは、あごに　はりつけました。

そのときから、人間《にんげん》の男《おとこ》には　ひげがはえ、しんぞうは、左《ひだり》むねで　ドキドキするようになったのです。

CHARINDA

今日《きょう》のはなしは、これで　おしまい。
ほしけりゃ　もってきな。
いらなきゃ　海《うみ》にすてとくれ。

CHARINDA

CHARINDA

ゆかいなはなし　解説《かいせつ》――――島岡由美子《しまおかゆみこ》

アフリカのむかしばなしといっても、アフリカ大陸《たいりく》はとても広《ひろ》くて、五十以上《ごじゅういじょう》の国《くに》があります。この本《ほん》で紹介《しょうかい》しているのは、タンザニアのおはなしです。

◉ウサギのそめものや◉

日本《にほん》には、「フクロウのそめものや」というむかしばなしがありますが、タンザニアでそめものやを開《ひら》いたのはウサギでした。

タンザニアには、天然《てんねん》の染料《せんりょう》がたくさんあり、イリンガ地方《ちほう》のかごに使《つか》われるものは草《くさ》の根《ね》から作《つく》られますし、ザンジバルには「リップスティック・ツリー（口紅《くちべに》の木《き》）」というのがあって、つぶつぶの実《み》からまっ赤《か》な染料《せんりょう》がとれます。

それにしても、染料《せんりょう》を発見《はっけん》したウサギによって、すべての動物《どうぶつ》に色《いろ》やもようがついたというのは、なんともゆかいですね。

語《かた》ってくれたのは、ユーモアたっぷりのさし絵《え》を描《か》いてくれたムブカさん。幼《おさな》いころ、タンザニアのほぼ中央《ちゅうおう》に位置《いち》するドドマ州《しゅう》のコンドア地区《ちく》にある、ボリサという小《ちい》さな村《むら》に住《す》む、おはなし上手《じょうず》のおばあちゃんに聞《き》いたおはなしだそうです。

◉小《ちい》さい青《あお》い鳥《とり》シェルルレ◉

これは、多《おお》くのティンガティンガ・アーティストたちの出身地《しゅっしんち》、ナカパニャ村《むら》に伝《つた》わるおはなしです。

一巻《いっかん》の「なぜなぜばなし」のなかでは「どうぶつ村《むら》の井戸《いど》」を紹介《しょうかい》しましたが、これはきびしい日照《ひで》りが続《つづ》くおはなしです。このように、タンザニアのおはなしには、干《かん》ばつや水不足《みずぶそく》がテーマになっているものが多《おお》いですが、それだけきびしい自然環境《しぜんかんきょう》だということなのでしょう。今年《ことし》もシェルレの活躍《かつやく》で、タンザニアに雨《あめ》がふりますように。

さし絵《え》はレイモンドさん。動物《どうぶつ》だけでなく、ユニークな鳥《とり》の絵《え》もたくさん描《か》いてくれました。シェルレのことも知《し》っていて、鳴《な》きまねもうまかったですよ。

◉しんぞうとひげ◉

これは、ザンジバルのビネマおばあさんから聞《き》いたおはなしです。

世界広《せかいひろ》しと言《い》えど、しんぞうとひげが主人公《しゅじんこう》のおはなしは、ほかではなかなかお目《め》にかかれないのではないでしょうか？　なんとも不思議《ふしぎ》なはなしですが、「飢《う》える」ということに焦点《しょうてん》をあててみると、アフリカの生活《せいかつ》がリアルに見《み》えてきます。

しんぞうとひげの、二十一日間《にじゅういちにちかん》（じつに三週間《さんしゅうかん》）も食《た》べ物《もの》が見《み》つからず、水《みず》だけ飲《の》んで眠《ねむ》るサバイバルの日々《ひび》。親《おや》に「おなかすいた、なにかちょうだい」と無邪気《むじゃき》に言《い》える環境《かんきょう》になく、ふだんから、空腹《くうふく》を水《みず》でまぎらわしている子《こ》どもたちがいることも知《し》ってほしいなと思《おも》います。

とはいえ、貧《まず》しい生活《せいかつ》ぶりを想像《そうぞう》してかわいそうがるのではなく、きびしい現実《げんじつ》もひっくるめて、おおらかに笑《わら》ってしまえる、人《ひと》びとのたくましさや心意気《こころいき》を感《かん》じとっていただけるといいなというのが、さし絵《え》を描《か》いてくれたチャリンダさんと私《わたし》の共通《きょうつう》の願《ねが》いです。

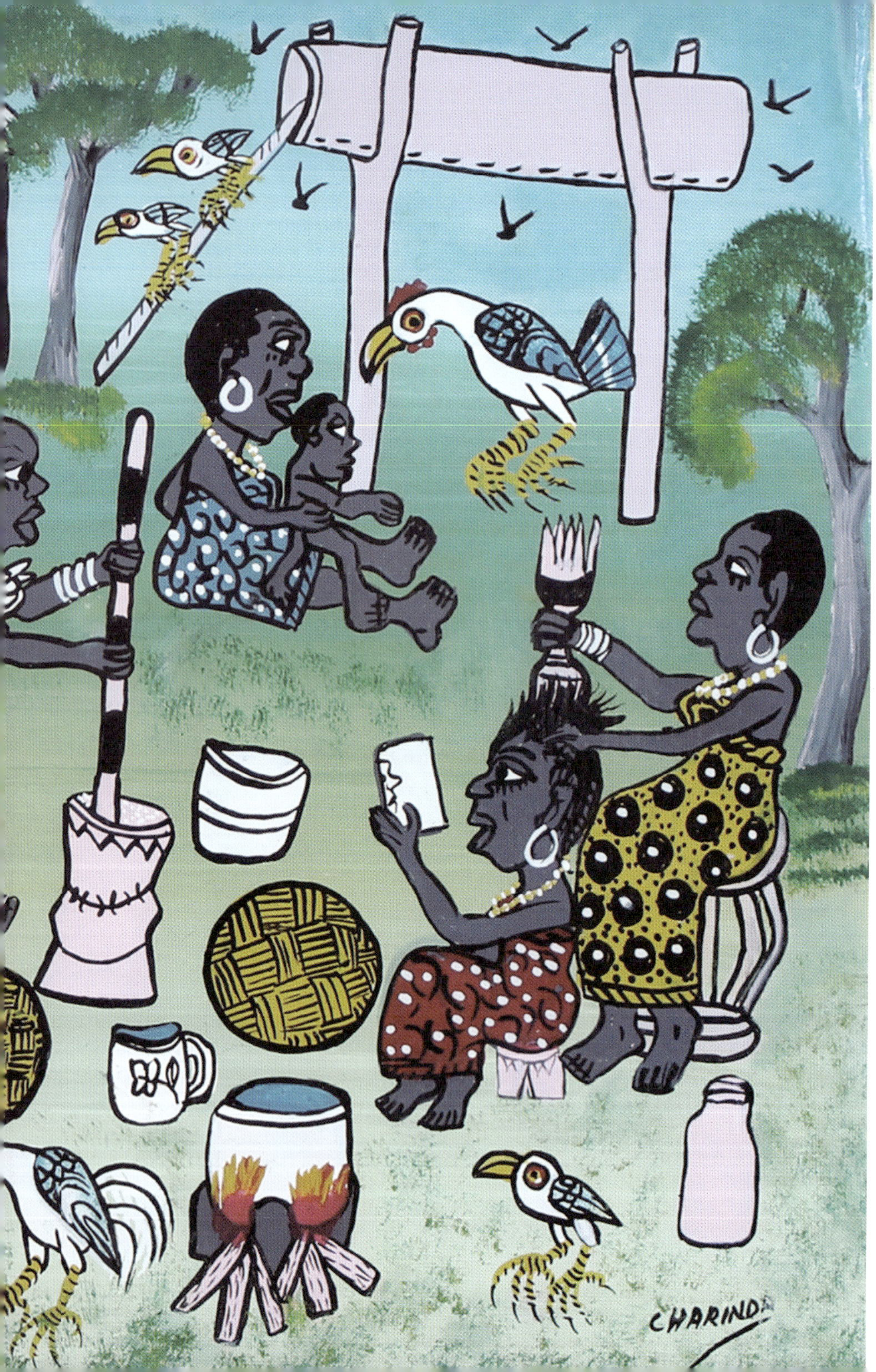
CHARINDA

《編・再話》

しまおかゆみこ（島岡由美子）

名古屋生まれ。1987年より夫島岡強と共にアフリカに渡り、タンザニアのザンジバルで、人々の自立につながる事業や、スポーツや文化の交流活動を続けている。アフリカ各地に伝わる民話の聞き取り、再話がライフワーク。主な著書に『アフリカから、あなたに伝えたいこと』『どうぶつたちのじどうしゃレース』『アフリカに咲く 熱帯の花、笑顔の花――ワイルドフラワー120』（以上、かもがわ出版）など。

《絵》

ムブカ（Abbasi Mbuka Kiando）

1975年生まれ。ダルエスサラーム出身。サルム・ムッサに手ほどきを受け、ティンガティンガ・アーティストになる。動物画が得意。『アフリカの民話集　しあわせのなる木』（未來社）、絵本『どうぶつたちのじどうしゃレース』（かもがわ出版）で、挿絵を担当。

レイモンド（Raymondo Peter Kambili）

1984年生まれ。ダルエスサラーム出身。美しいチョウを得意とする兄カンビリに手ほどきを受け、2009年にティンガティンガ・アーティストの道へ。チョウや鳥、ヒョウが得意。本の挿絵は今回がはじめて。

チャリンダ（Mohamed Charinda）

1947年生まれ。トゥンドゥール地方ナカパニャ村出身。1974年から、ティンガティンガひとすじに生きたアーティスト。絵本『しんぞうとひげ』（ポプラ社）、『アフリカの民話』（バラカ）、『アフリカの民話集　しあわせのなる木』（未來社）で挿絵を担当。2021年逝去。

＊地図作成＊川口圭希（バラカ）
＊協力＊上田律子（ひまわりおはなし会代表）／矢田真由美／下里美香
＊ブックデザイン＊土屋みづほ　＊編集＊天野みか

ティンガティンガ・アートでたのしむアフリカのむかしばなし

3　ゆかいなはなし　しんぞうとひげ

2025年3月14日　初版第1刷発行

編・再話　しまおかゆみこ／絵　ムブカ、レイモンド、チャリンダ
発 行 者　田村太郎
発 行 所　株式会社 かもがわ出版
〒602-8119　京都市上京区堀川通出水西入
TEL 075-432-2868　FAX 075-432-2869
振替　01010-5-12436 ／ https://www.kamogawa.co.jp
印 刷 所　シナノ書籍印刷株式会社
ISBN978-4-7803-1356-7　C8098　NDC388・994　Printed in Japan ［堅牢製本］